詩集

もくようびがにげだした

まだらめ三保

土曜美術社出版販売

詩集　もくようびが　にげだした＊目次

一章

二章

三章

詩集　もくようびが　にげだした

一章

わたしの空間

　わたしの土地には
寄りかかりたくなる山がある
振り向きたくなる砂漠がある
飛び下りたくなる崖がある
流れに任せたくなる川がある
手を伸ばしたくなる空がある
　わたしの公園には
海に行きたくなる陽射しがある
拾いたくなる棒切れがある

あかんべしたくなる笑い顔がある
飛びこしたくなる花壇がある
逆上がりしたくなる鉄棒がある
　わたしの通り道には
誰かと喧嘩したくなるパブがある
迷子になりたくなる交差点がある
曲がりたくなる角がある
寝転びたくなる古い線路がある
勝手に入りたくなる門がある
　わたしの家には
落としたくなる花瓶がある
撫でたくなるカーテンがある
裏返したくなるペルシャ絨毯がある
蓋を開けたくなるお鍋がある

こそこそ歩きたくなる廊下がある
　わたしの日々には
耳をすましたくなる椰子の木の風がある
コーラスしたくなるコヨーテの遠吠えがある
泣きたくなる赤い夕焼けがある
そして　ときに
詩を書いてみたくなる夜更けもある

忘れたい一週間

月曜日に忘れたいのは
月曜日の次には必ず火曜日が来ること
泣きすぎて心がぐしょぐしょになった　あの火曜日を
伊勢丹のチェックの紙袋に入れて
救世軍に寄付して来たい

火曜日に忘れたいのは
わたしが昔　髪の長い少女だったこと
その子が時々わたしの中にあらわれて

髪の毛をむしりながら
「大人になんかなりたくない」と泣き止まない

水曜日に忘れたいのは
いつも　あさってにいるMくんのこと
何でもちゃちゃちゃっと出来て
今日のうちにあさってに飛んじゃって
あさってと今日の距離が縮まらないから二度と会えない

木曜日に忘れたいのは
わたしの心には色がついていないこと
心がわたしの中から家出して
遠くへ行ってしまったら
色のない心を捜してくれる親切な人はきっといない

金曜日に忘れたいのは
海が言葉を知らないふりをしていること
どんな言葉も話せるくせに
返事もあいづちも返ってこなくて　海の無関心に
話しかけたわたしも言葉が出てこない

土曜日に忘れたいのは
影売り屋のかっつぁんから聞いたこと
身体みたいに影も毎日五ミクロンずつ老けていくんだって
生きてくって　カチカチカチ　なんか
時限爆弾抱えてるみたいで危険な仕事……

日曜日に忘れたいのは

忘れたいことを全部すっきり忘れること
忘れたいことに
ホイップクリームをたっぷりかけて
さくらんぼを三つそえて
冷凍庫で百年先まで凍らせたい

こころがでてくる

かなしかったり　つらかったりすると
こころが　からだのそとへでてきて
かなしいんだよう　つらいんだようと
わたしにぐちる
へやのすみに　うずくまったり
そこらへんを　うろうろしたりして
うらめしそうに　わたしをみる
いいたいだけ　もんくをいうと
きぶんがはれるらしく

こころは　わたしのなかにもどってくる
「もっと　しゃんとして」といいきかせても
こころは　かなしいとき　つらいとき
かってに　でていってしまう
こころは　わたしのものだとおもうけれど
わたしのものでないように　ふるまう
こいしいひとが　とおくへさっていったひ
こころはだまって
どこかへきえてしまった
なきたかったけど　こころがいなくて
すこんとからだがからっぽで　すーすーして
なんだか　たよりなくて　なみだもでない
しかたなく　ひとりでうみへいったら
こころもうみへきていた

こころは　ちいさな　いわのうえに
ちょこんと　こしかけていた
とてもさみしそうで
おもわず　こころをだきしめると
こころは　わたしのみみもとでささやいた
「いっしょになこう」
わたしとこころは　たくさんないた
わたしたちのなみだが　いわからすべりおち
なみにさらわれ　うみにのみこまれて
とおくへ　たびしていくのを
ぼんやり　ながめながら

砂漠へ

いつか砂漠へ向かうような気がする
あなたの心の匂いが残っていそうなメモ帳も
書き損じの原稿が溜まったあけびの籠も
インク漏れで指が汚れる大昔の万年筆も
みんな置いたまま　ある日
砂漠へ歩きだす　きっと

胸躍ることよりも胸塞がることが
押しよせてくる日も

窓ごしに揺れる松の木の枝が
あなたが元気な頃の笑い顔に見えちゃって
わたしが思い出し笑いしたりする日も
砂漠へ近づいていく　すこしずつ

二日《ふつか》曇《ぐも》りの日　二人で飲んだ
シナモン入りのホットワインをもう一度
あなたの眼の底の透明に　ふいに
シベリウスが聴きたくなった部屋で寝ころび
あなたの髭に白髪を見つけ　共に過ごした
日々の長さに心揺れた新月の夜に戻ってから
砂漠を目ざす　まよわず

ときに時間を逆のぼり　ときに空間をまたぐ

砂漠へ行くには　このやり方しかない
砂漠は過去を通り抜けた人しか受けいれない
良い過去も悪い過去も普通の過去も
直線系の過去はくるくる巻いて
四方広がりの過去は折りたたんで
両手で抱えるか　背中に背負っていく

砂漠では過去は砕かれ乾いた砂になる
一粒一粒が独り立ちした　さらりとした存在
執着しようにも　するりと逃げていく
昨日まで　過去はわたしであり
わたしは過去だった
砂漠はわたしから過去のもろもろを抜き去り
生かされている今日をわたしに手渡す

なんという悟性　なんという贅沢
わたしは未来へ吹く風の中で
あなたを手放すことで
あなたとひとつになって
おだやかで澄んだ瞬間《とき》と戯れる
ひとりで　ひりひりと　陽に向き合って

隙間コレクション

こころに隙間ができた時
勝手に入り込むものがある
——乗り遅れた夜行バスの緑の後ろ姿
——水たまりで泳いでたオタマジャクシ
——階段の踊り場でMさんと目が合った瞬間
ある日　アルキメデスの定理が入り込んだ
そいつは隙間をふさいだばかりか
隙間分のこころをぼくの身体から追い出した
水槽にゾウを沈めたらゾウの分の水が
外にこぼれるみたいなもんなのか

「こころっぽいものを見ませんでしたか？」
ぼくはみんなに訊いてまわった
「新横浜駅のベンチに『白井白太のこころ』
って名札つけて座ってた」
「三丁目の電線に引っかかってたやつ？」
「わたしのこころとデートしてたみたい」
どれがホントでどれがガセか分からないから
急いで言われたところに行ってみたけど
こころっぽいものは見つからなかった
それ以来　ぼくのこころには隙間はない
隙間ができる度アルキメデスの定理が
隙間を追い出すから　こころはどんどん縮む
出て行ったこころは二度と戻らない
ぼくはだんだん息苦しくなった

ぼくはこころのクラウドを借りることにした
前に隙間に入っていたもの　そして今
隙間があればそこへ入り込むはずのものを
クラウドに入れた
――「はっくん」とぼくを呼んだMさんの声
――初めて作った焼きりんごのおこげ
――手が震えて書けなかったラブレター
ぼくはときどき空を見上げる
空の雲のクラウドに　ぼくの
隙間コレクションが紛れている気がして
ぼくのこころの破片がふわりふわり
青い空に漂っていそうで
急に「人生」なんて言葉も
頭に浮かぶんだ

まっすぐ

少女の頃　大人になるのが嫌だった
「将来」と聞くと
まっすぐで　濃い灰色のコンクリートの道が見えてくる
その道は車も自転車も人もいない　がらんどうの道
遠近法でだんだん細くなっていくのだけれど　ずっと空っぽ
先の先は　はっきりしなくて　行き先は見えない
道のまわりは　少し明るい灰色の無地
家も森も川も空もない　こちらも　すっからかんの　がらんどう
しーんとして音もなく　ただ　ただ　まっすぐ　つづく

そこに放りこまれたくない　一直線は無理
「まっすぐ」は　こまる　わたしがこわばってしまう……

小学生の時　学校の帰りにランドセルを背負ったまま
四つ葉のクローバーを探して　みちくさした
中学生の時　学校の帰りにセーラー服のまま
ターミナル駅の甘いもの屋さんで友だちとあんみつ食べた
まっすぐ帰らなかったことが　いっぱいあった
それなのに　自分の　遠い　この先を考えると
寄り道や分かれ道　まわり道や行き止まりを思いつけなかった
本の虫で　モーム　ブロンテ　伊藤整　コレット　永井荷風
手当たり次第に読んで「人生」には出来事が降ってくることを
小説の達人たちに教えてもらったはずだったのに

生まれた国を離れ母国語を話さない存外の暮らしの今でも
ふと　あの「まっすぐ」で　がらんどうの道が思い浮かぶ
「まっすぐ」な道を選んでも　その道から転げおちたり
雑草だらけの裏道を手探りしたりするのが生きていくことよ　と
なにやら賢しげに納得する歳になっているのだけれど
「まっすぐ」があると思いこんだ　それは
昔　わたしが間違いなく少女だったことの証かもしれない

わたしは泣いた

幼稚園で泣いた
　お弁当のおかずだけ食べてご飯をのこした
　お昼休み　小部屋に閉じ込められた
　ともだちが庭で走りまわってる
　涙でしょっぱくなったご飯
　わたしは食べなかった
　怒っていた　ぞろんとした黒い服で
　のしのし歩く修道女の先生に
　こんな意地悪したからって　ご飯好きになるわけない

高校の校庭で泣いた
片想いの男の子はモツ煮が大好物だった
趣味悪すぎる　鶏でも豚でも人間でも
内臓はかきまぜたりひっぱったりきざんだりしないで
そっとしといてほしい
「内」なんだから「外」に出さないでよ
わたしはモツ煮なんか絶対食べない
自分の内臓だけでお腹いっぱいだから

大人になって笑いながら泣いた
目に良いからとアメリカ製のドライブルーベリーを
日本からアメリカにせっせと速達便で送ってきた母
わたしが作ったおでん　お鍋からタコだけこっそり食べた母
「三保さん　お金大丈夫？　いつでも送ってあげますから
おっしゃいね。わたしお金たーくさん持ってるの」

千円と一万円の区別もつかないアルツハイマーの母は
上下ふぞろいのパジャマのまま
「楽天家の大富豪」となり　にこにこして
アメリカに戻るわたしを見送った
今朝　ニューヨークタイムズの写真を見て泣いた
小さな男の子が二人　爆撃で粉々になった街
ホコリが舞う瓦礫の中　裸足で遊んでいた……

向こう側の傷

海をひと跨ぎで越えられたら
どんなにか良いだろう

何年も前　わたしは海の向こう側に傷をおいてきた
赤黒く血の止まらない傷をそのままにして
海のこちら側に来た
パティオで紅茶を飲みながらカズオ・イシグロを読み
バラの蜜を吸うハミングバードを眺める午後
わたしは幸せを羽織って心も軽い

そんな日の夜　いきなり鋭い痛みが走る
ぬるぬるした向こう側の傷口にナイフを突っ込まれた
わたしは目眩がして身体が揺らぐ
わたしがおいてきた傷は切り取られ
暗い海をひたひたと海流に乗って近づいてくる
信号も一時停止もない海は
少しずつ　ひと波ひと波　傷を運ぶ
向こう側から　こちら側に

わたしが傷を忘れないように
傷もわたしを覚えている
ざっくり開いた傷をほったらかしにして
逃げてきたわたしを恨むのだ
だが　傷はこちら側に来ると

わたしをからかうように　姿を消す

できることなら
海をひと跨ぎして向こう側へ行き
傷を引き取って　こちら側に戻ってきたい
わたしは傷と生きることができる　今なら

帰国の味

カリフォルニアのハンティントンビーチで
群青色の海水に手をひたして
指をひらひらさせて小さな波をつくってみる
指先からわたしの心が染みだして　心の波は
青の半透明に混じり　ささやかな海流となり
少しずつ行きつ戻りつしながら　いつか
わたしが生まれた向こう側の国　その浜辺へ
行き着くんだろうか　それとも
すぐそこで波に乗っている

金髪サーファーボーイの
ピンクのサーフボードにすぱっと切られて
わたしの海流はあっけなく姿を消し
短い旅を終えてしまうのか
「おじいちゃんのくににとどくまでほるよ」
五歳くらいのアジア系の男の子が
プラスチックの青いシャベルで
砂浜に穴をほっている
「くにってなあに?」と
砂のお団子をこねながら隣の子がきく

「国は想像の共同体。分かち合った追憶の
中でのみ存在する」という人がいる
国民が直に一堂に集まるなんて無理だし

誰も国土の全容を一目で見ることも無理
だいたい　わたしの「見える国土」は
七色刷り世界地図の中のひと色
あるいは　小学校の教科書にあった
おかしな形の島々たち
分かち合っているらしい国の「追憶」にも
居心地のわるさを感じなくもない
それなのに　そして　国籍まで失った今も
心がつよく「国」へ向かう瞬間《とき》がある
おそらく　それは思い込みで　わたしはただ
嫌いだった給食の鯨の竜田揚げの臭みや
大学闘争で初めてデモに参加した夏の日を
心から拭えないでいるだけかもしれない
一時帰国の空港で外国人の列に並びながら

時差ぼけの中「帰国」を噛みしめると
いつも　カカオ84パーセントの
ダークチョコレートの味がする

風

十一月
風が私に吹く
もう　まろやかとは言えない
私の頬を撫で
ついでに私の眼から
身体の中に入って行く
その無遠慮な振る舞いを
諌める器量が
私には　なかった

幼い頃　つっかえつっかえ弾いた
ブルクミュラーのピアノ曲が
頭の中に流れて来た

私は　私の家の　私の庭の　私が植えた
実のならないオリーブの木に
寄りかかっている
オリーブの葉は槍の穂先のよう

この槍は突くためか
それとも突かれないためか

てっぺんの緑は薄く下に行くほど色濃くなる
オリーブの葉は硬い革の手触りと言われるが

緑濃い年嵩の葉も　それほどごわついてなく
倍ほども背の高いレモンの木の隣で
このオリーブは　むしろ慎ましく優しく
遠慮がちに無口だ
連れ合いがなく実を与えないことを
苦にしているのか

風は私の身体の空洞を狙ってきた

此処にいない誰かに
此処にいることを
ふいに咎められそうで
身動きができなくなる
身体の中を吹く風が

今　私の子宮に触った
……ような気がしたけれど
それは錯覚かもしれなかった

切り込み

小さな空港はインド洋からの風で暑かった
セキュリティエリアの外側には
元々この地に住む黒い肌の人たち
植民地時代からの白い肌の人たち
その中に　棒立ちで私を見送る人がいる
私は手荷物を引きずりながら
真っ直ぐ前を見てゆっくり歩いた
その人が間違いなく立ち去ったであろう
その時を待って振り向いた

それは私の自己保存あるいはむしろ自己欺瞞
彼はまだそこにいた　もしかしたら本当の愛
ふと思ったが「本当の愛」だったとしても
愛が構築する未来よりその愛が破壊する今を
そして　その破壊の過程の分析に
私は心を奪われていたのではなかったか
緑でも藍でもないエメラルドの海と
海岸線を際立たす山の稜線
悪意と偏見の途方もない政治
奥の奥まで冷たく透き通った青い眼と
闘いを諦めた鉛色の霞がかった眼が
私の愛に「ドラマ」を与えていたのか……
ある閑静な街で私の「あるべき姿を囲む
あるべき空間」に戻るため私は飛行機に乗る

熱い風に灼かれ昔風のタラップを登って
昔風の硬い座席に座りこの街を去る
ベルリン　ケープタウン　ロンドン
その人から届いた数々の英語の手紙は
友人の納戸に置かせてもらっていた
「もう　処分してくれていいわ」
と彼女に伝えてから三十年以上経つ
私の人生の中のたった数ページの出来事
幾つかのセピア色の場面が時折り心に蘇る
年を経た記憶の中で風景はおだやかだが
油断しているうち肌に昔が滲みてくる
一晩余分に過ごした夜の凍える窓の冷気
その人の髭にかぶれて赤くなった私の頬
あの「愛」が本物だったか

思い込みに過ぎなかったかはもう関係ない
「愛」が遺した銅版画のエッチング
その深い切り込みは二度と平らにはならない

川辺の人

その女の人は川辺にすわっていた。私が書いた子ども向きの本を声にだして読んでいる。「おかしな人が夕暮れ時、あなたの本を読み聞かせしてるの、川のふちで。子どもは一人もいないのに」友人の言う通りだった。その人の声は優しく薄明かりの川辺に響く。読み終わると振り向いて「あっ」という顔。私が作者と分かったのか。立ち去ることもできず私は隣にすわった。「私の本を読んで下さってありがとう」その本は病気で命が残り少ない母親が幼い息子へ贈る最後の言葉。「お母さん遠くへ行くけど、ホントはいつもそばにいるのよ。お母さん何にでも変身できちゃうの。かけぶとんにも鉛筆にもコップにもなれるの。いつでも、そばにいますからね。安心して」子どもの頃、母親を亡くした私はまくらを母と思いながら眠った。今思うと、私は昔の自分のためにこの話を書いたんだろう。その人は私を見て「私の息子は五歳のまま、雲の上で親のない子として暮らしています」雲の上？　私の表情に気づいて彼女は言い足した。「息子は病気で死にました。私も、もう死んでいます。息子と一緒になれると思ってこの川に飛び込みました。自死してから知りました。命を粗末にする者は子どもに近づくことが許されないこと。私はあの世でも息子に会えない母。あなたの本を知って、せめて読み聞かせて声だけでも届けたいと思いました」手にしている本は図書館のものだった。そう言えば、以前この人を図書館で見かけたような気もする。息子のいるところへも行かれず、もとの暮らしにも戻れず、その狭間でなんとか息子につながりたいと彷徨っているのだろう。ああ、時間を戻してあげたい。川辺で立ち尽くして後を追うことしか道はないと思い込んだ、その瞬間の十秒前、五秒前でも良い。彼女を後ろから抱きしめて自死を止めてあげたかった。私は彼女の手を握った。冷たくもなく骨ばってもいない普通のお母さんの手。私は言った「いつか許されて、息子さんのそばに行ける日がきっと来ますよ。私がそういうお話を書きます」川辺の人は微笑んで「お会いできて良かった。ありがとう」と言いながら、黄昏とともに夜の始まりへ吸い込まれていった。

二章

マルリランカリ

夕陽柄の切手にマルリランカリという消印の小包が来た。開けると真珠の耳飾りと銅色の鍵とカードが一枚。カードには「耳飾りと鍵を持って市場へ行き空色の眼のおばあさんに真珠の耳飾りをトルコ玉の耳飾りと替えてもらうように」と書いてある。一人暮らしの私は滅多に小包なぞ受け取らない。わけがわからないけれど面白そうなので市場へ行った。真珠の耳飾りと取り替えたトルコ玉の耳飾りを付けたら耳元で波の音がする。波音について行くと一度も見たことのない小さな浜辺で緑の眼のおじいさんが私を待っていた。おじいさんが銅色の鍵で開けた小屋の中には白い手漕ぎボート。おじいさんは「さあ夕陽の向こう側でお母さんとお父さんに会ってらっしゃい」とやさしく言ってボートを海に出してくれた。お母さんとお父さんからの小包だったの？　私はひたすら水平線に向かってボートを漕いだ。水平線の行き止まりで沈みかけた夕陽のオレンジの半円に吸い込まれると、ボートは白いスカーフになった。私はスカーフに包まれコウノトリに運ばれる赤ん坊のように、夕陽の漂う空間を飛んだ。少しずつ白がオレンジに染まっていき、すっかりオレンジになって夕陽を通り抜けた時、スカーフは私をマルリランカリの白い土地におろした。五十年前に別れた両親がいるところらしい。いつの間に来たのか「マルリランカリ案内人」の名札をつけた空色のおばあさんと緑のおじいさんがいて、手紙を渡してくれた。「私たちの娘へ」手書きの文字の子どもっぽさにドキッとする。そうだった。事故にあった時二人は共に二十一歳。きっと今もそのままなのね。三歳だった私は五十三歳になり二人の二倍以上生きてきた。白髪混じりでずっと年上の私。私が娘だってわかるのかしら。私は手紙を握りしめ、でも怖くて読めなくて震えていた。遠くから人が近づいてくる。もしかしてお母さんとお父さん？　お母さんが元気よく何か白いものをひらひらさせた。私は駆け出した。三歳の娘に戻って何も考えずに走った。両親にしっかり抱きしめてもらうために。夕陽の向こう側マルリランカリでは五十年に一度、別れた人たちが再会する。

夢　そして　夢

ちっとも眠れない夢を見ながら眠った夜
朝起きると　ぼくはまだ眠っていた
眠りながら起きている夢の中に
いるのかもしれない
ぼくはカフェオレを飲んでみたが
味がしない　これはおかしい
ぼくは夢の外へ出る必然を感じた
今見てる夢Ａから覚める夢Ｂを
見れば良さそうだ

でも　その夢Bからはどうやって外へ？
夢Bを叩き壊す夢Cを見れば良い？
じゃ夢Cのあとは？
ぼくは夢のはしごをしたが
入れ子のように幾重にも夢に閉じ込められて
夢で着膨れ状態だ
ぼくは絶望のあまり銃で自死しよう
と思ったけど銃なんて持ってないから
まず銃を買う夢を見なくてはダメだった
ぼくはがっかりして大きなため息をついた
すると夢がふーっと口から外へ出た
思ってた以上にいろんな夢を見ていたらしい
夢は順序よく少しずつ間隔を開けて
ほわんほわんとぼくの外に出て来た

ぼくは空中に一列で並んでいる
色違いの夢を両手でつかもうとした
その時　ねこのタマが飛んできた
タマはジャンプして夢の行列にねこパンチ
夢の行列はバラバラになり
どこかへ飛んでいった
ぼくはタマを叱ろうとして思い出した
三年前にタマは乳がんで死んだのだ
ぼくは寒気がした
夢を吐き出したのも全部夢……
ぼくはあきらめて目を瞑った
身体がすーっと沈んでいき
ぼくは新たな夢の中に吸い込まれていった

わたしの好きなもの

わたしの好きなものは
古くて錆びついたドア
開けたり閉めたりするたびに　かすれ声で
わたしに　内緒話をささやいてくれるドア

わたしの好きなものは
しーんとした　雪になる朝
最後に逢った日の　ゆうくんの声が
わたしの耳に　ひっそりと響いてくる朝

わたしの好きなものは
古いお屋敷の　階段の踊り場
ある日そこで　秘密の出来事が起こりそうで
わたしが足音をしのばせる　階段の踊り場

わたしの好きなものは
いつも　閉まったままの窓
ガラスに雨のしずくが　流れる時
わたしも一緒に　泣きたくなる窓

わたしの好きなものは
ラプサンスーチョンというお茶
煙くさい　異国の香りが

わたしが嘘をついたことを
忘れさせてくれるお茶

わたしの好きなものは
二十一歳のまっ黒いボンベイねこ
まん丸い緑の瞳と目が合うと
わたしも　ねこになりたくなるねこ

でも
たぶん　わたしが一番好きなのは
行き先のわからないバス
名前も知らない街を通りぬけて
逢ったことのない人たちを追いこして
わたしを

遠い過去と　遠い未来に
同時に連れて行ってくれるバス

そのバスの切符は　どこで買うんだろう……

砂漠の傘屋

ソノラン砂漠の皆さま
砂漠の傘屋でございます
雨傘　日傘　どちらでも承ります

サワラサボテンさまには
水玉模様のオーガニックコットンで
とげとげの数だけ水玉を入れる
特別サービス実施中です

独りで泣きたくて
砂漠にいらした孤独系のお客さま
ドローン対応　居所確認オフの傘の下
静かに泣いて頂けます

目つきの鋭いコヨーテさまには
実写風のアニマルプリント
怖い　狡い　容赦ない雰囲気を
確実に再現いたします

敏速　多動のボブキャットさまには
ロボット的密着型がお薦め
３Ｄプリントで居心地よく
でも　忍び足可能です

隠れ家見つけ中の銀行泥棒さまには
カモフラージュのテントタイプ
砂漠色でどこから見ても
砂漠の中の砂漠　ＦＢＩもお手上げです

さて　わたしは　この十五年砂漠の傘屋をしている者
気候変動で砂漠の皆さんも　お疲れ気味
好きで始めた砂漠商売ですが
わたしも干からびてきております
ここで　一気に商売替え
大きく博打に出て　一発勝負で
日本の富士山をドバイのビリオネアに売ってみるか

あるいは
手拭いを首に巻いて　指先のない手袋をはめて
豪雨にやられた西海岸の街で
壊れた傘の修理をするか
売れ残りの日傘の下で
じっくり考え中でございます

そういう日・砂漠で

朝ごはんを食べ終わっても陽が差さない日は
画を描く気にも草とりをする気にもなれない
揺り椅子にすわり脚を投げ出して半眼になり
ひたすら　ゆらゆらゆらゆら
本棚でミラン・クンデラの『冗談』が
シニカルに高笑いしてる気配
手のとどくところにあるオーキッドには
紅桔梗色の花　そして深い緑の葉たち
その葉を一枚　指でなぞりなぞりしながら

開け放した窓から「お邪魔します」
と　ソノラン砂漠のモンスーンの風が
訪ねてこないかなあと少し期待する

風がちっとも来てくれないので仕方なく
「へーイ!」と野良の黒猫を呼び出す
いつものように猫はニヤニヤしつつ
椰子の木陰から「どうした?」と首を傾げる
今日はそのニヤニヤが押し付けがましく
わたしの右脚の勘に触ってピクリッ
太ももの後ろで　忘れていた坐骨神経痛が
ひょいと顔を出す　それじゃ
あったかいお茶でもとピーターラビットの
マグを手に取ったつもりが床で砕けた

赤ちゃんで死んだ息子のために買ったもの
わたしが使って四十年…涙はもう出ない
でも　ちくちく突き刺す神経痛と
いきなり破片になって侵入してきた古傷
だから曇りの日は嫌なんだ

痛み忘れに切らなくて良い爪を切りつつ
思いついた詩のタイトルをつぶやいてみる
じっと山を見る達観も湯船で泣く悲観もなく
ただ空っぽというか底のない瓶の心地
そのうえ　わけのわからない　やり残し感で
ぐじぐじしてるし
モンスーンの風にすっぽかされて心は泣いてる
と言って死にたいほど悲しいわけでもなく

ゴディバのチョコレートの箱をかかえて
際限なく食べてしまう
「たまには　そういう日もあるよ」って
なぐさめられそうな　今日は　そういう日

アリゾナの　明けない夜が　明けた朝

あまりに青いアリゾナの空
あまりに熱いアリゾナの風
青さと熱さの中で
赤い頬の鳥が空中分解する
頭と身体は左右に分かれ
アパッチトレイルを転がりはじめ
足先は二つ揃って
アラモレイクに落ち
荒波で湖をかき乱す

愛鳥週間はアリゾナにはない
赤肌の山々を染める
あかね雲の下
あきらめを知る鳥は
青さと熱さを
相手取ることはせず
愛想笑いを浮かべ
アイルランドのこぬか雨を夢想しながら
雨の降らない雨宿りで自分を守る
あたりまえのようにあなたに
相槌を打ちつづけたわたし
愛を引きとめようと
あがきつづけて
明けない夜が明けた朝

あくたれをつく気はないけれど
あなたの空音を飛びこす時がきた
明烏《あけがらす》になったわたしは
合鍵をすて　挨拶もせず
朝霧の中　アレハンドロの街へ羽ばたき
婀娜者《あだもの》になりすまし
アバンギャルドな明日を待つ

バイバイ　これまで　ハロー　これから

「屋根の上に飛んでった白いTシャツ取ってきてくれる？
ぼく高所恐怖症なんだ」と　梯子を立て掛ける
「いいよ」と　そろそろ梯子を登って昔風の瓦屋根に這い上がる
探し当てたTシャツを摑んで振り向くと
Tシャツの持ち主も梯子も消えていた
わたしは　あっさり「梯子を外された」のであった
一緒に暮らしていた山あいの古民家
冗談かと思ったけど冗談ではなかった
まあ　しゃれにもなる手が込んだ別れのスキットか

むろん驚きはあったが　思いの外　ショックは少ない
むしろ　ふいに身体が軽くなった
ああ　わたしは　わたしに戻れるんだ
ハ・ジンの小説「待ち暮らし」の待つだけの女にならずに済む
好きでもない履き心地の悪い黒いレースのパンティを履かずに済む
深夜放送に付き合って苦手な夜更かしをせずに済む

わたしは白いTシャツを広げた
おりよく吹いてきた風が　わたしごとTシャツを空へ飛ばした
空の真ん中で　わたしはTシャツから手を離した
バイバイ　古民家　バイバイ「高所恐怖症」の男
バイバイ　これまで　ハロー　これから
わたしは飛ぶ女になって　空を征服し　雲と戯れあった

ジーンズがすっこぬけて　下界に落ちていく
そうだ　服なんて要らない　わたしはブラウスを風にプレゼント
黒いブラとも　黒いパンティとも　さようなら
空のプールで　じっくり泳いでから
雲のベッドをひとりじめして　たっぷり眠る
風がわたしを起こしてくれた時　わたしは立ち上がる
待たない　馴れ合わない　寄りかからない
独りを楽しむ女になる

亜熱帯の少女

亜熱帯の少年に逢いたい
やせぎすでオリーブ色の肌に
遠くを見ている茶色の瞳の男の子に逢いたい
部活のことも模擬試験のことも
何にも知らない子
あたしがNの悪口を言ったことも
Sがあたしの胸がぺちゃんこだって
言いふらしてることも　何にも知らない子
D先生がこっそりEにメール出してることも

何にも知らない子
その子の隣にすわって
黙って一緒に海を見ていたい……
なーんて思ったけど
今そういう「亜熱帯の少年」て　いるのかな
十九世紀の理想郷には　いるかもだけど
なんか　ちょっと　我ながら
「亜熱帯」を下に見てる感じだよね
「亜熱帯」には二十一世紀の問題が
何にもないって決めつけてるみたいな
ピュアで　くったくのない
「汚れのない」子がいるみたいな

今どき問題がないところなんて　あんの？

エベレストのてっぺんは
うんこでいっぱいらしいし
アメリカじゃ　子どもが銃《ガン》で
がんがん殺されてるし　まぁ
ゴロ合わせしてる場合じゃないけどさ
日本じゃ　そのうち
子どもがひとりも　いなくなるよ
あんまり子どもがめずらしくて
マジで「宝物」になっちゃったりして

「世の中」っていつでもこんな感じだった?
あたしの「世の中」と
今　ロシアに爆弾落とされてる
ウクライナの瓦礫の中で

おもちゃのカエル探してる子の「世の中」と
インドのカシミールで
山羊の世話をしてるおじさんの「世の中」は
同じじゃないとは思うけど

おかあさんが前に言ってた
あたしが生まれる時　陣痛が始まって
お腹がくそ痛くって泣きたかったけど
おそらく遅くとも二十四時間後には
すべて終わってるだろうと思って
これは一生続くわけじゃない
終わりが来るんだって考えて
乗り切ったんだって
大っきい「世の中」の問題に

終わりが来るか　わかんないけど
学校行ってるあたしの「世の中」は
どんなに嫌でも一生続く訳じゃないよね？
「トンネルを抜ければ　光が見える！」
かもだよね　とか言って切り抜けたいけど

やっぱり「亜熱帯の少年」に逢いたい
隣にすわって　黙って一緒に海を見ていたい
そしたら　あたしも「亜熱帯の少女」

わたしがいない

そらになって
あなたの　ひろい　肩に
群青色の　恋のまなざしを送ってみようか
あなたは　そらを見上げても
わたしの青さしか見えなくて
ああ良い天気と伸びをする
かぜになって
あなたの　日に焼けた　首すじに
時速八十キロの速さで

あつい想いを　ぶつけてみるか
あなたは　ひょいと　首をすくめて
わたしが　ふれたことすら気づかずに
自転車で走りだす
みずになって
あなたの　身体を　のこるくまなく
透明な愛でつつみこむ
そういう暴挙に出ても
あなたは　すばやいバタフライで
わたしから　すり抜けていくに決まっている

ほんとうは
そらにも
かぜにも

みずにも
なりたくない
わたしのままで
わたしの言葉で
わたしの心を　つたえたい
でも　それが　できない
わたしが　わたしになることが
こんなに　むずかしいのは　どうしてだろう
あなたへの愛は
わたしから　わたしを　うばった
わたしのない　わたしは　わたしではない
わたしではない　わたしは　もう
わたしには　もどれないんだろうか
わたしでは　なくなろうとしていたとき

わたしがうろうろ　くっついてきて
ふりはらっても　むししても
わたしのなかに　わたしがいたのに　いま
わたしは　わたしを　さがせない

愛は　わたしを　どこに　かくしてしまったのか

音売り屋

音売り屋の信吉さんは音の瓶詰めを売る。自転車が引く荷台に並べてある丸い瓶たちは信吉さんがやさしくペダルを漕ぐたびに小さくぶつかり合ってキンコンコンと鳴る。そよ風が吹く日は藍の作務衣を着て、木枯らしが駆け抜ける日は作務衣の上にお父さんのものだった藍の綿入れを着て、信吉さんは山裾の村々を訪ねる。おかっぱ頭の少女はお小遣いで「アマリリスのつぶやき」を買い、目をつむって見たことのない花の声を聴いた。以前は屋根職人でならした老人は「霰がトロリーバスの屋根に降る音」を買い、トロリーバスに揺られている夢を見た。信吉さんの音の瓶詰めは村の人たちの心をいっとき広いどこかへ解き放した。幼い時から音集めが好きだった信吉さんは誇りを持って音売りの仕事をした。

ある日、信吉さんが商いを終え片付けをしていると少年がやって来た。少年は言った。「お父さんの口笛の瓶詰めを作ってください。弟は耳が聴こえませんが、信吉さんの瓶詰めを耳に当てれば、口笛が聴けるかもしれません」「では、お父さんのところへ行きましょう。私の父も藍染の仕事をしながら口笛を吹いてました」と信吉さんが答えると、少年は言いにくそうに小声で「お父さんは何年も前に亡くなりました。でも雪の日の朝、森へ行くと風の音に混じってお父さんの口笛が聴こえてきます」雪になった朝、信吉さんは瓶を二つ持って少年とその弟と森へ行った。信吉さんはまず、森を吹き抜ける風の音を瓶に封じた。それから口笛を待った。何も聴こえてこないとあきらめかけた時、少年がささやいた。「ほら口笛です」実は信吉さんには何も聴こえなかったけれど、瓶を開けて「音」を取り込んだ。それから瓶の口を弟の耳に当てた。

その途端、信吉さんの耳に懐かしいお父さんの口笛が聴こえた。驚いてまわりを見ると少年も少年の弟も消えている。雪の降りしきる森の中でお父さんの口笛を聴きながら信吉さんは音売り屋になってから一度も里へ帰っていないことに気づいた。大きな屋根の家。そーっと忍び歩きをしても、いつも同じところが軋む飴色の暗ぼったい廊下。その突き当たりの部屋で「すくも」という原材料を入れた瓶に囲まれて、お父さんは藍の仕事に打ち込んでいた。信吉さんはすぐ里に向かった。

里へ帰るとお父さんはすでに亡くなっていた。子どもの頃死んだ兄さんが自分を呼んだのだろうか……お母さんは信吉さんを産んですぐ亡くなり、信吉さんが家を出た後お父さんは一人暮らしだった。なぜ帰らなかったんだろう。信吉さんは静かに泣いた。お父さんの寂しさを思うと涙は止まらなかった。その時、お父さんの仕事場から口笛が響いてきた。ロンドンデリーの歌だ。「日差しと日陰があなたの着物をまだらに染める」という歌詞の、お父さんが好きだったアイルランド民謡。信吉さんは喉を詰まらせながらお父さんと一緒にメロディを口ずさんだ。

今、信吉さんはロンドンデリーの口笛を吹きながら音売り屋をしている。

三章

もくようびが　にげだした

あるとき
まるまる　もくようびが　きえていた
みんな　すいようびに　ねむったのに
きんようびに　めがさめた

こどもたちは　よろこんだ
だって　どようびが　はやくくる

アルバイトの　がくせいさんは　こまった

もくようびの　バイトだいが　もらえない

ぎんこうづとめの　おにいさんは
へいきのへいざ
「もく」でも「きん」でも
たいくつに　かわりなし

いぬのマットは　きょとんとしてる
もくようびの　ドッグランいきは
どうなった？

さんちょうめの　おじいさんは　あせった
もくようびの　デートが　なかったことに

ねこのおたまは　めをあけて
また　めをとじた
さわぐほどの　ことじゃない

かどのパンやさんは　くびをかしげた
こんなに　パンがふくらんでる

あかちゃんたちは　なきやんだ
よなきを　いつまで　つづけたものか
わからなくなっちゃった

きんようびは　ぷんぷんしてる
だまされて
ただばたらき　させられたきぶんなのだ

どようびも　ふあんそう
まだ　どようびらしい　したくもしてないのに
あしたが　どようび？

みんなが　こんらんしてるとき
もくようびは　もりのなかで　ものおもい
これまでずっと　もくようび
これからずっと　もくようび
なんだか　ほとほと　つまんない・・・・
もくようびを　やめちゃうか・・・・・・
・・・・・・・・・・・・・・・・

「あっ　もくようびだ！」

おとこのこが　はしってきた
いきなり　もくようびに　だきついて
「ぼくね　もくようびに　うまれたの！
なんか　すてきじゃない？」

もくようびは　にっこり
もくようびでいるって　そう　わるくない
もくようびは　こっそり
すいようびと　きんようびの　あいだに
もどることにした

現代川柳

ある日　まったく知らない人たちから
Xのツイートがわたしのメールに届いた
何かの間違いと無視していたら毎日来る
奇妙なハンドルネームの人たちが
現代川柳とやらの話をつぶやいている
作品そのものをつぶやく人もいる
これも何かのご縁と　わたしも　まず三句
「わたし流現代川柳」を作ってみた

正しい赤ん坊はむやみやたらに笑わない

白黒映画を見ながら「あの茶色い犬」と言う人

行き止まりの路地にも自尊心がある

これで良いのか悪いのか　訊ねる人もないので
さっぱり分からないけど　次　いってみる

哲学者したい人は足袋をはこう

なんかノッてきたので
「右耳と左耳が喧嘩したらどうなる」としてみたら
右耳がゴツンと鳴り左耳がガツンと応答

わたしの頭の中で
バンタム級ボクシングの試合が始まっていた
ゴングに続いてジャブやらアッパーカットやら
ジャッジの笛やら声援やらでなんともにぎやか
そして　まだ第二ラウンド
これじゃゆっくり昼寝もできない
わたしはあわてて事態収集のための一句を考えた

　　パンチはピンチ　ストレートよりスクワット

で　即　スクワット始めたら
頭の中は静かになった
現代川柳って　あなどれない

まっさんと応援団

まっさんはまっとうなおっさん。自由席の券しか買ってないのに知らんふりで新幹線指定席に座ったりはしません。それなのにまっさんはあまり人に好かれません。満員電車でもまっさんの隣の席だけ右も左も空いています。色白に長い髪、くねっとした身体つき、ぶらんとした両腕、頭にバンダナを巻いたまっさんが幽霊っぽいからかもしれません。ある日「家の近所に幽霊が住んでる」というのがXに登場しました。まっさんがベランダに干した白いシーツを取り込んでいる、脚が見えない写真付き。またたく間にXがバズり、まっさんは「幽霊」にされました。アパートを追い出され、イラストの仕事もこなくなり、ホームレスに。公園のゴミ箱から空缶を集めて、なんとか喰いつないでいますが、バットで殴られたり「幽霊野郎！」とののしられたりしています。このまっさんに応援団が現れました。差別反対の声をあげたのは靴チェーン社長、警視総監、闘う弁護士会、Ｊエンタメ事務所等。「幽霊っぽいからといじめるのは幽霊に対しても失礼です」と、日比谷公園で「まっさん応援決起集会」が開かれました。大人気のＪポップグループが歌い踊るというので集会の意味なんか何も知らない人たちも大勢参加、集会は大盛り上がり。まっさんは特別席でショーとスピーチを楽しみました。フィナーレで応援団の人たちがステージに上がると、ドロドロドロの太鼓の音で一瞬辺りが真っ暗に。何が始まるのかとみんなドキドキです。そしてまぶしいライトがステージを照らしたら、なんとステージにいる人たちはみんな脚がないっ！「やだぁん、全員幽霊なの!」「演出だよ、演出」「カッケェー」会場がざわめきます。脚のない警視総監は「みなさん、日本は昔から我々の幽霊パワーでもってるんです。幽霊なくして日本の繁栄なし。幽霊も幽霊っぽい人も差別するのは止めて下さい」と力強く訴えました。ただ、この爆弾スピーチに拍手したのはまっさんと幽霊だけ。それ以外の人はショックのあまり即死しました。真実を知ることはいつだって辛いですよね。ま、その人たちもいずれ幽霊に仲間入りした際には人化けした幽霊になって、ぜひ日本社会に貢献していただきたいです。

さみしい朝の散歩

川っぷちに茶トラのねこがすわってる
背中をぴんとして
真面目にまっすぐすわってる
ねこ背をどこに置いてきたんだろ
ねこ背じゃないねこは
なんだかストンとして
背中が断崖絶壁してる
ねこ背じゃないねこは
もんくを言わずにだまって

いっしんに川向こうを見てる
ねこからねこ背をとると
なんだかさみしい

三丁目と北通りの角が空っぽになってる
家も大きな松の木も椰子の木たちも
サボテンもセイジもなくなって
ただの地面になってる　これじゃ
風が吹いているのかいないのかわからない
メキシコ風朝ごはんなのか
シリアルにブルーベリーにミルクなのか
想像する余地もなく
石ころも棒切れも足跡もなくて
雑草があればいいけどそれもなくて

ただの長方形になって死んでる
地面が地面だけしてると
なんだかさみしい

家に帰ってカフェオレで温まったけど
金平糖くらいのさみしさが
心の中でまだ溶けてなかった

街を脱ぐ

色のない街はモノクロの街ではない
何の色もなく空気だけが漂っている気配
風がひとり言でも呟いたのか　立ち止まったのか
空気に隠された無の中から微かな物音が響く
すべてが気体となり全体に紛れ込み
個の存在そのものが溶けていく
わたしはその街で自分が見えなくなった
空気の中に置き去りにされ透明なゼロになる前に
わたしは息をひそめて静かに街を出た

白い街には白い色しかない
誰かが空も地面も白くした
白の中で白の人たちは白で生きている
赤い服のわたしは雪野原にこぼれた南天の実か
人々の息づかいの生温かさが首筋に流れて
初めて　わたしは追われていることに気づいた
息づかいは赤の存在を許さず白い刃をふるった
わたしは赤い服から赤い血をたらし
白の中に点々と赤の破線を残しながら街から逃げた

緑の街は緑の葉で覆われている街
わたしは念のため緑一色の出立ちで街に入った
緑の人たちはより濃いより深い緑をめざし

光と水と緑のパラダイスに向かっている
光合成はありあまる酸素を街にもたらすものの
酸素過多の中　わたしはふいに過呼吸となり
あっぷあっぷと息苦しく　吐く息は緑になった
緑が首にまといつき　わたしをのっとりにかかる
わたしは急いで緑を脱ぎすて裸のまま街から走り出た

ただただ走り続けると砂漠に来た　しばらく行くと
「正真正銘オアシスの街はあちら」と　ご親切な標識
ホンモノでもニセモノでも　街はもういらない
剝き出しの肌に華氏百三十度の陽射しがしみる
サワラサボテンの向こうから風が近づいてきた
風の通り道が見える　まっすぐわたしに向かってくる
砂漠の太陽の下　身体がやわらかくなり

心が開いていくのがわかる　ここで暮らそう
自分の言葉を紡ぎながら　自分の存在を纏っていこう
わたしは服と一緒に街も脱いだのだった

白いケープ

わたしは北へ向かう急行列車に乗っている
開かない窓の外で森の針葉樹が
置いてけぼりが不安なのか
急ぎ足でわたしの後ろに流れていく
人も動物も鳥もなく樹の緑と空の青だけ

次の駅で制服らしいコートを着た
高校生くらいの女の子が駆け込んできた
向かい側の席に着くと手提げバッグから

編みかけの白い毛糸を出して一心に
赤ん坊のケープのようなものを編んでいる
誰の赤ん坊のためだろうか
カチカチカチ　棒針がぶつかり合う音がする

わたしは母親に会ったことがない
向かっているのは母親が生まれて死んだ街
最近まで「実の」母親がいることすら
知らなかった　その街で
母親の残香を味わってみる

カチカチカチ　カチカチカチカチ
わたしは眠ってしまった
何か物音がして　目を開けた

向かいの席の女の子が赤ん坊を抱いている
白い毛糸のケープに包まった赤ん坊は
クウクウと笑っている
柔らかい髪の毛が静電気のせいか
まっすぐに立っていた
この赤ん坊はどこから来たんだろう
このケープはさっきまで女の子が
編んでいたものなのか
わたしは赤ん坊と白いケープを見つめた
ピンクの毛糸の編み込みが隅の方にある
「さ　く　ら　こ」とひらがなが読めた

「わたしもさくらこ……」と言いかけて
わたしは言葉を止めた

女の子はわたしを見てうなづいた
わたしは瞬きを止めた
わたしは　わたしの母親と赤ん坊のわたしと
旅をしていたのであった
列車は終点の駅に入っている
急いで棚の上の荷物を下ろして振り向くと
女の子も赤ん坊も消えていた
「さくらこ」と名前の入った
白いケープだけが
座席の上にあった

あさってに行けたら

この道をまっすぐ行ったら
突き当たりに地面から空まで届く
大きな白い画用紙がありますか
そこに特大シオカラトンボの絵を描いて
その透き通った羽根を借りて
空の上でサンバ踊ってもいいですか

この川をずっと下って行ったら
小さな橋の下に橋の影でできた

細長いイカダがありますか
そのイカダに横たわって
川から海へ流れて行って
海の夕焼けに逢ってきてもいいですか

この丘の向こうへ行ったら
ワイルドフラワーの野原で昼寝している
まあるい雲に出会えますか
その雲をそっと起こして両手で抱え
病気や怪我で外へ出られない子どもたちに
触らせてあげてもいいですか

そして

時間を先回りして　あさってに行けたら
今日の戦争を二日以内に終わらせて
あさって　しあさって　やのあさって
それから　ずっと先の日まで
東の国でも西の国でも
わたしたちを囲むものたちと
平和な時を過ごし　心を思い切り広げて
腹式呼吸して「おーい！」と
世界のみんなに呼びかけてもいいですか

爆弾が降る国

元教師のハンナ・ソローキン（76）は
コーヒーに甘いクリームを入れていた時に死んだ
一人っ子の医師カリム・アブ・アンマール（29）は
病院で子どもの患者の頭を撫でていた時に死んだ
オペラ歌手（バリトン）のグリゴリ・ペトレンコ（32）は
車でポーランドに向かっていた時に死んだ
まつ毛のながいファティマ・カティーブ（16）は
鏡を見ながらスカーフを頭に巻いていた時に死んだ
名無しの黒猫（推定2）は

瓦礫のそばで日向ぼっこをしていた時に死んだ
母親と二人暮らしのオレグ・コルニエンコ（51）は
森で焚き木を拾おうと屈んだ時に死んだ
栃木県出身独身のアキコ・コバヤシ（34）は
ボランティアでひよこ豆を配っていた時に死んだ
顔の半分くらい大きな瞳のサラーム・タミミ（5）は
友だちの家に行こうと玄関を出た時に死んだ
フリーのＩＴ技術者アンドレイ・ポルナレフ（43）は
国外に出た友人にメールを送り終えた時に死んだ
看護師のイネッサ・ゼレンスカ（47）は
孤児になった新生児にミルクをあげていた時に死んだ
失業中のワリド・サイード（39）は
片足を失った従兄の家でお茶を飲んでいた時に死んだ
バレリーナのダリヤ・ヴォロノワ（27）は

捻挫した足首に包帯を巻いていた時に死んだ
歯科医のアブドゥル・フサイニー（64）は
総合病院へ手助けに行こうと走っていた時に死んだ
コロナで死んだタチアナ・マリノフスカ（享年58）は
すでに墓石の下に葬られていたけれど
降ってきた爆弾で　もう一度死んだ

ひとつかみ

「ひとつかみ　つかんで良いですよ」
と言われたら　なにをつかむ?

薄雲りの空
かすかな光の間から
遠慮がちに射してくる柔らかな春の陽射しを
手のひらを上にして壊さないよう
そっとつかんで　ポケットにいれる?

JR山手線
スマホの音だけ響く車両の中
肌に張り付いてくる色のない沈黙を
ネイルしたてのピンクの爪で引き剝がし
くいっとつかんで　窓の向こうに放りだし
線路わき　音無し横丁の雑音と取り替える?

図書館の隅っこ
硬い床の上で眠りこけてる
ほかに行き場がなさ気な　もしかしたら
ホームレスの小ぢんまりしたおじいさんを
腹式呼吸して　足踏ん張って
えいやっとつかんで　移動して
ロビーのソファに寝かしつける?

爆弾が降った街
時間も空間も切れぎれになって
大人も子どもも　心も身体も粉々になって
聞こえてくるのは瓦礫の間に挟まれて
身動きができない風の吐息だけ
ユーゴーの「ああ　無情*」より　もっと無情
切れぎれ粉々を元に戻せる人がいないのなら
わたしの手をモンスターの手にして
この破壊を　ひとつかみじゃなくて
残るくまなく　つかみとって
時計の針を逆に回して
もう一度　空と緑と窓ある家　そして
心も身体も丸ごとの人間の住処に戻してくる

＊　ビクトル・ユーゴーの「レ　ミゼラブル」。黒岩涙香が一九〇二年「ああ　無情」と訳した。

空気の澄んだ日

二日曇《ふつかぐも》りの日に
街に出たら
どの人もボヤけてる
輪郭が無くなって
周りの空気に溶け出してる

ねこも同じ
顔見知りの三毛ねこと
表通りで　すれ違ったら

チョコレートソースを掛けた
パンケーキっぽく見えた

きっと　ぼくも　ゆるんで
認識不可能になってるんだろう
友だちに文句を言いに行くつもり
だったけど　やめとくわ
あいつもほどけて　ゆるゆるなんだ

ゆるゆる同士じゃ喧嘩にならない
どうせだから　あいつんとこに
たこ焼きでも　買ってってくか
二日曇りの日は
だらんとして　ぽやんとして

過ごすのが良さそう
戦争は　きっと
空が青い　空気の澄んだ日に
始まるんだろうな

あとがき

高校生の時、よく詩を読みました。尾形亀之助と高橋新吉が好きでした。大学生になりフォークソングのバンドでヴォーカルをつとめ、詞は歌うものとなりました。それから子どもの本の創作と翻訳をなりわいに。アメリカに移ってからは画を描きました。それが二年前の夏頃、詩がわたしに戻ってきました。なにか特別な事件があったわけではなく、静かにやってきて、でも、三日たっても一週間たっても詩はどこへも行かず、わたしの暮らしのなかに居続けたのです。それから、詩を書くことが「わたしの日々」となりました。「わたしの書くもの、詩なのかしら?」と心が揺らいだ時、思いがけず励ましの出来事があり、それ以来、ゆらゆらとふらつきながらも書き続けています。見えないものを見て、さわれないものにさわり、つかめないものをつかみ、少しでも、わたしを取りまく空や海や砂漠、そして「わたしというわたし」に近づきたいとねがいながら。

二〇二五年一月

まだらめ三保

著者略歴

まだらめ三保（まだらめ・みほ）

1949年　東京生まれ。

シカゴ大学大学院社会人文学部博士課程修了。

1985年ポプラ社「学年別子どもお話劇場」コンテスト入賞。以後、同社より幼年向きナンセンスファンタジー『おひめさま』シリーズ全26冊を出版。『機関車トーマス』『赤毛のアン』など、翻訳も多数。集英社からは『不思議の国のアリス』。

アメリカ移住後、2022年度金澤詩人賞を受賞。第57回詩人会議新人賞佳作入選。ピタゴラスプレスより、フォトエッセイ『サボテンとアートの街：アリゾナ便り』。Popular Publisherより“*Ms Flygirl and Sky Daisy*”, Pythagoras Pressより“*Ms Flygirl's Fantastic Five Days*”を出版。


現在、アリゾナ州のスコッツデールに暮らし、砂漠の酷暑を避け夏の3ヶ月はカリフォルニア州のサンディエゴ湾に浮かぶボートで過ごしている。

詩集　もくようびが　にげだした

発　行　二〇二五年四月十五日

著　者　まだらめ三保

装　幀　木下芽映

発行者　高木祐子

発行所　土曜美術社出版販売

〒162-0813　東京都新宿区東五軒町三―一〇

電　話　〇三―五二二九―〇七三〇

FAX　〇三―五二二九―〇七三二

振　替　〇〇一六〇―九―七五六九〇九

DTP　直井デザイン室

印刷・製本　モリモト印刷

ISBN978-4-8120-2876-6　C0092